Animales en mi patio
LOS BÚHOS

Aaron Carr

www.av2books.com

El enriquecido libro electrónico AV² te ofrece una experiencia bilingüe completa entre el inglés y el español para aprender el vocabulario de los dos idiomas.

This AV² media enhanced book gives you a fully bilingual experience between English and Spanish to learn the vocabulary of both languages.

Visita nuestro sitio **www.av2books.com** e ingresa el código único del libro.
Go to www.av2books.com, and enter this book's unique code.

CÓDIGO DEL LIBRO
BOOK CODE

Z 5 9 1 8 3

AV² de Weigl te ofrece enriquecidos libros electrónicos que favorecen el aprendizaje activo.
AV² by Weigl brings you media enhanced books that support active learning.

Spanish

English

Navegación bilingüe AV²
AV² Bilingual Navigation

CHANGE LANGUAGE
ENGLISH SPANISH

OPCIÓN DE IDIOMA
LANGUAGE TOGGLE

BACK NEXT

CAMBIAR LA PÁGINA
PAGE TURNING

CERRAR
CLOSE

INICIO
HOME

VISTA PRELIMINAR
PAGE PREVIEW

2

Animales en mi patio
LOS BÚHOS

CONTENIDO

Conoce al búho.

Es un ave de gran tamaño con una cabeza redonda.

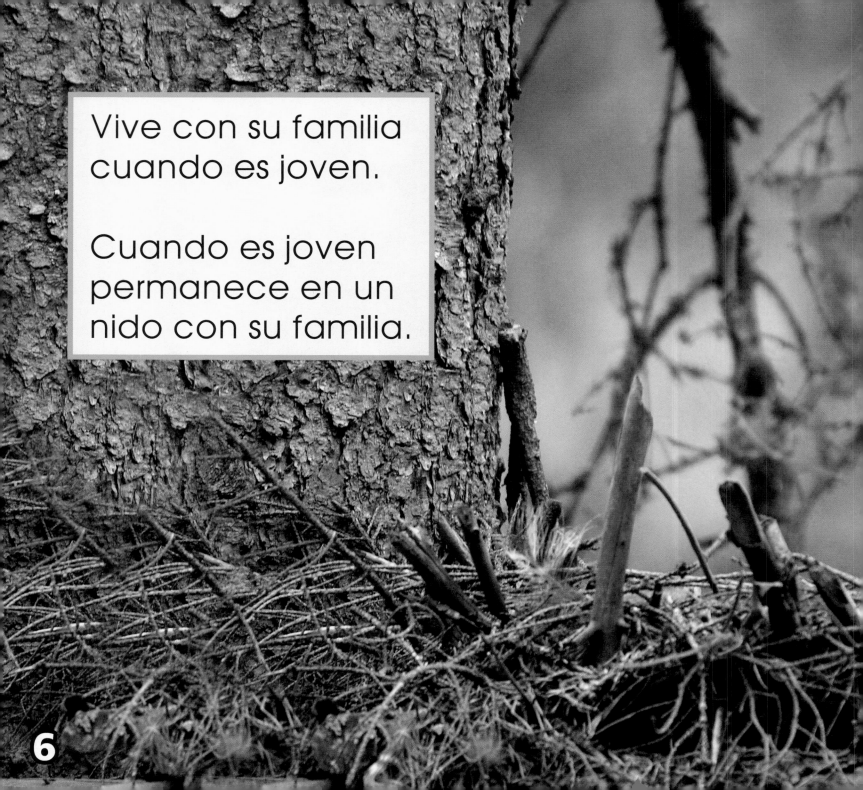

Vive con su familia cuando es joven.

Cuando es joven permanece en un nido con su familia.

6

Tiene cuatro garras
afiladas en cada pata.

En cada pata, puede mover una garra hacia adelante o hacia atrás.

Tiene ojos que no puede mover.

Con ojos que no puede mover, debe girar su cabeza para mirar a su alrededor.

Es un ave rapaz.

Las aves rapaces cazan a otros animales para alimentarse.

Vuela sin hacer ruido.

Sin hacer ruido, se acerca sigilosamente a sus presas.

Se mantiene despierto durante la noche.

Por la noche, busca alimentos para comer.

Vive en bosques.

En los bosques, puede
encontrar alimento y agua.

Si se topa con un búho, puede asustarse. Es posible que se escape volando.

Si se topa con un búho, manténgase alejado.

DATOS DEL BÚHO

Estas páginas proveen más información detallada acerca de los datos interesantes que se encuentran en el libro. Estas páginas están destinadas a ser utilizadas por adultos como apoyo de aprendizaje para ayudar a los jóvenes lectores con sus conocimientos de cada animal presentado en la serie *Animales en mi patio*.

Páginas 4–5

Los búhos son aves que tienen la cabeza redonda. Existen más de 200 especies de búhos en todo el mundo. Su tamaño puede variar de 5 a 28 pulgadas (13 a 70 centímetros) de largo con una envergadura de entre 1 y 6,6 pies (30 y 200 cm) de ancho. Los búhos pueden ser reconocidos fácilmente por sus rostros redondos y planos, sus alas redondeadas y su cola corta.

Páginas 6–7

Los búhos viven en un nido con su familia cuando son pequeños. Las hembras ponen entre tres y once huevos. Esto se denomina nidada. Luego de aproximadamente 32 días, los huevos eclosionan. Los búhos calculan el momento de su temporada apareamiento para asegurarse de que los huevos eclosionen cuando haya bastante comida disponible. Los búhos jóvenes viven en el nido hasta que están listos para volar por su cuenta, usualmente cuando tienen entre uno y dos meses de edad. Ambos padres crían a sus polluelos.

Páginas 8–9

Los búhos tienen cuatro garras afiladas en cada pata. Estas garras curvas pueden medir hasta 1,4 pulgadas (3,5 cm) de largo. Los búhos se han adaptado a usar sus garras de diversas maneras. Al cazar, los búhos utilizan dos garras hacia adelante y dos hacia atrás para ayudarse a agarrar mejor a su presa. Al posarse, sin embargo, usualmente mueven una de sus garras traseras hacia adelante para sostenerse mejor.

Páginas 10–11

Los búhos no pueden mover sus ojos. Los búhos tienen dos ojos grandes orientados hacia adelante. Sus ojos le brindan una excelente visión, así como también la habilidad de calcular distancias, pero sus ojos no se pueden mover dentro de su cavidad como los de los humanos. En su lugar, los búhos deben girar su cabeza para ver en otras direcciones. Los búhos tienen un cuello muy flexible que puede girar 270 grados. Esto les permite ver hacia atrás de su cuerpo.

Los búhos son aves rapaces. Son parte de un grupo de aves denominado rapaces. Como todas las aves rapaces, los búhos cazan a otros animales para alimentarse. La mayoría de los búhos se alimentan de pequeños animales, reptiles e insectos. Algunos cazan y comen peces, y se sabe que algunos de los búhos de mayor tamaño pueden cazar animales tan grandes como zorrillos. Los búhos no tienen dientes, por lo tanto deben tragar su comida entera o arrancar pequeños trozos usando sus picos en forma de gancho.

Los búhos pueden volar sin hacer ruido. Como aves rapaces, la habilidad que tienen los búhos para cazar bien es importante para su supervivencia. Muchas especies de búho han adaptado plumas especiales que les permiten volar silenciosamente. Las plumas principales de los búhos tienen un borde frontal con flecos para reducir el ruido y un borde trasero suave para mejorar su estabilidad. Las alas también están cubiertas por plumas suaves acolchadas que sirven para reducir aún más el ruido.

La mayoría de los búhos son nocturnos. Esto quiere decir que están más activos durante la noche y que duermen durante el día. Los búhos conforman la mitad de todas las especies de aves nocturnas. Utilizan la oscuridad de la noche y su habilidad de volar silenciosamente para cazar mejor a sus presas. Estas características también ayudan a los búhos a evitar a los animales que podrían cazarlos.

Los búhos viven en áreas boscosas. Se los puede encontrar en todos los continentes menos en la Antártida. Los búhos se desarrollan en muchos hábitats diferentes. Viven en bosques, praderas, bosques tropicales, desiertos e incluso partes del Ártico. En Norteamérica, los búhos usualmente viven en áreas boscosas con grandes árboles para posarse y cubrirse. Generalmente hacen sus nidos en huecos naturales en los árboles o en viejos nidos abandonados por otras aves de gran tamaño.

Si se topa con un búho, mantén tu distancia. Es raro encontrar búhos en la naturaleza ya que son animales solitarios que se mueven principalmente en la oscuridad de la noche. Sin embargo, si usted se encuentra con un búho en la naturaleza, es mejor que lo respetes y mantengas una distancia prudente. Acercarte demasiado, o realizar movimientos bruscos, puede ahuyentar al búho.

¡Visita www.av2books.com para disfrutar de tu libro interactivo de inglés y español!

Check out www.av2books.com for your interactive English and Spanish ebook!

1 **Entra en www.av2books.com**
Go to www.av2books.com

2 **Ingresa tu código**
Enter book code

Z 5 9 1 8 3

3 **¡Alimenta tu imaginación en línea!**
Fuel your imagination online!

www.av2books.com

Published by AV² by Weigl
350 5th Avenue, 59th Floor New York, NY 10118
Website: www.av2books.com   www.weigl.com

Library of Congress Control Number: 2014932701

ISBN 978-1-4896-2045-3 (hardcover)
ISBN 978-1-4896-2046-0 (single-user eBook)
ISBN 978-1-4896-2047-7 (multi-user eBook)

Printed in the United States of America in North Mankato, Minnesota
1 2 3 4 5 6 7 8 9 0 18 17 16 15 14

032014
WEP280314

Project Coordinator: Jared Siemens
Spanish Editor: Translation Cloud LLC
Art Director: Terry Paulhus

Every reasonable effort has been made to trace ownership and to obtain permission to reprint copyright material. The publishers would be pleased to have any errors or omissions brought to their attention so that they may be corrected in subsequent printings.

Weigl acknowledges Getty Images as the primary image supplier for this title.